Ulli Schubert

Seeräubergeschichten

Illustrationen von
Frauke und Patrick Wirbeleit

www.leseleiter.de

FSC

Mix
Produktgruppe aus vorbildlich
bewirtschafteten Wäldern und
anderen kontrollierten Herkünften

Zert.-Nr. IC-COC-100059
www.fsc.org
© 1996 Forest Stewardship Council

ISBN 978-3-7855-6565-0
1. Auflage 2011
© 2011 Loewe Verlag GmbH, Bindlach
Umschlagillustration: Patrick Wirbeleit
Reihenlogo: Angelika Stubner
Rätselfragen: Sabine Schmeckenbecher
Printed in Germany (017)

www.loewe-verlag.de

Inhalt

WSDS oder EFÜB

Käpten Schwarzlocke machte sich gerade über die vierte Portion Fischstäbchen her, als plötzlich die Tür geöffnet wurde und die ganze Mannschaft in seine Kabine platzte.

„Was ist?", brüllte der gefürchtete Piratenkapitän. Er hasste es, beim Essen gestört zu werden.

„Chef, wir müssen mit dir reden", sagte Muskel-Maxe, der stärkste und mutigste der fünf Piraten. Größer war die Mannschaft nicht. Die anderen Seeräuber hatte der Käpten mit seiner miesen Laune längst vertrieben.

„Und worüber?", brummte Schwarzlocke in seinen Bart.

„Wir sind zu wenig", sagte Muskel-Maxe.

„Wofür? Zum Walzer tanzen?" Käpten Schwarzlocke lachte grölend, als hätte er einen richtig guten Witz gemacht.

Seine Männer fanden den Spruch allerdings überhaupt nicht komisch.

„Für alles!", sagte Hirn-Henry, der beste Denker der fünf, und zählte auf: „Zum Kochen, Putzen, Segel flicken, Segel setzen, Schiffe entern ..."

„Seid doch froh!", unterbrach ihn der Käpten polternd. „Je weniger ihr seid, desto größer ist der Anteil für jeden einzelnen von euch!"

„Anteil – wovon denn?", fragte Hirn-Henry. „Wir haben seit Wochen kein Schiff mehr überfallen. Wir können ja nicht mal mehr den Hafen verlassen!"

„Weil wir selbst zum Ablegen zu wenig Leute sind", erklärte Muskel-Maxe.

„Ihr Schlaumeier!", rief der Käpten.
„Wo soll ich eurer Meinung nach denn
eine neue Mannschaft herbekommen?
Alle guten Seeräuber sind unterwegs!"

„Wir hätten da schon eine Idee …",
sagte Muskel-Maxe.

„WSDS", sagte Henry geheimnisvoll.
„Wir Suchen Den Super-Seeräuber.
Wir hängen einfach ein Plakat an den
höchsten Mast: Seeräuber gesucht!"

„Und was soll das bringen?", ätzte der
Käpten. „Da melden sich doch eh nur
Flachwasserschwimmer und Möchtegern-
piraten!"

„Kann sein", sagte Hirn-Henry.
„Deshalb lassen wir auch alle Bewerber
in verschiedenen Wettbewerben gegen-
einander antreten. Die Verlierer scheiden
aus, nur die Guten kommen eine Runde
weiter."

„Und wenn es keine Guten gibt?",
höhnte der Käpten.

„Dann nehmen wir eben niemanden",
sagte Muskel-Maxe.

„Na gut", gab Schwarzlocke nach. „Aber
nur unter einer Bedingung: Die Verlierer
scheiden nicht nur aus, wir werfen sie
auch noch ins Wasser!"

„Also spielen wir nicht WSDS, sondern EFÜB", sagte der schlaue Henry. „Einer Fliegt Über Bord!"

„Genau", sagte der Käpten und grinste gemein. Er war eben ein alter Meckerpott, dem es niemand recht machen konnte und der nur dann seinen Spaß hatte, wenn er andere ärgern konnte.

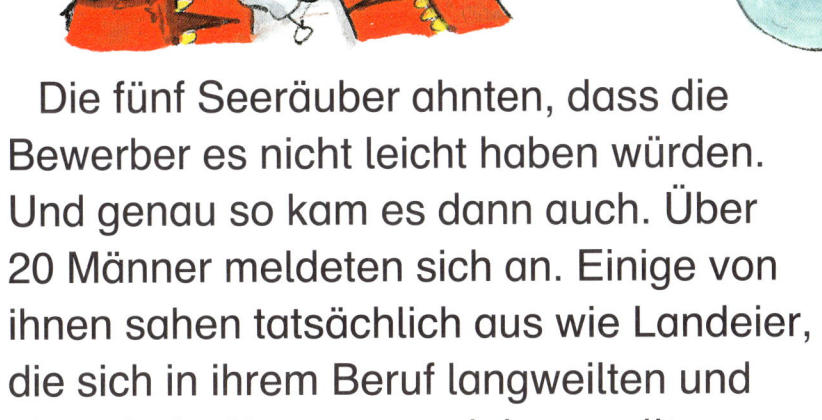

Die fünf Seeräuber ahnten, dass die Bewerber es nicht leicht haben würden. Und genau so kam es dann auch. Über 20 Männer meldeten sich an. Einige von ihnen sahen tatsächlich aus wie Landeier, die sich in ihrem Beruf langweilten und einmal ein Abenteuer erleben wollten.

Aber das waren auch diejenigen, die schon bei so einfachen Aufgaben wie den Mast hochklettern oder den Anker einholen ausschieden. Käpten Schwarzlocke höchstpersönlich warf mit großem Vergnügen jeden einzelnen in hohem Bogen über Bord!

Am Ende blieben nur vier Bewerber übrig, die alle Aufgaben mühelos bewältigt hatten. Sie hatten sogar die Kombüse geputzt und aufgeräumt, in der schon seit Wochen niemand mehr gewesen war. Und sie hatten eine Schatzkarte gefunden, die Schwarzlocke vor Monaten versteckt und dann vergessen hatte!

Trotzdem wollte der Käpten die vier nicht auf seinem Schiff haben. Er beschimpfte sie, machte sich über sie lustig und beleidigte sie, bis dem größten und stärksten der vier der Kragen platzte.

Er ging auf Schwarzlocke zu, bis sie sich Nase an Nase gegenüberstanden, und zischte: „Okay, jetzt reicht es! Ich bin auch ein Kapitän! Zwar nur von einem Tretboot, aber Käpten ist Käpten, oder?!"

Damit drehte er sich zu Muskel-Maxe, Hirn-Henry und den anderen um: „Ich übernehme das Kommando. Seid ihr dabei?"

Die Seeräuber jubelten begeistert.

„Aber was wird aus unserem alten Käpten?", fragte Henry.

„Der hat verloren", sagte der neue Käpten. „Und was passiert mit Verlierern?"

„Die fliegen über Bord!", rief Muskel-Maxe.

„He, das könnt ihr doch nicht machen!" Schwarzlocke wehrte sich. Er fluchte, jammerte, flehte und bettelte, aber es half alles nichts.

Unter den Anfeuerungsrufen der anderen Piraten hob Muskel-Maxe seinen Ex-Kapitän in die Höhe und warf ihn in das brackige Hafenwasser, dass es nur so spritzte!

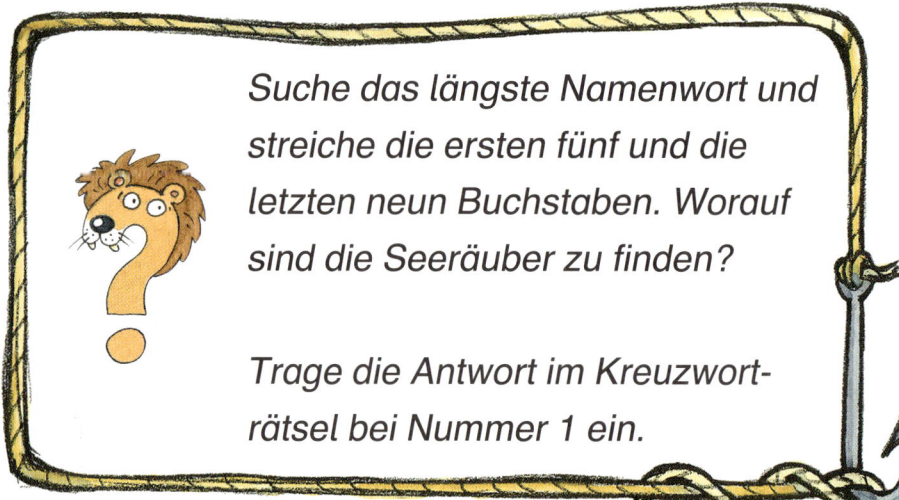

Suche das längste Namenwort und streiche die ersten fünf und die letzten neun Buchstaben. Worauf sind die Seeräuber zu finden?

Trage die Antwort im Kreuzwort-rätsel bei Nummer 1 ein.

Der alte Seeräuber

„Na endlich", seufzt Marie, als der Zug in
Norddeich-Mole anhält. Fünf Stunden sind
sie, Mama und Papa schon unterwegs, mit
nur einmal Umsteigen und Frische-Luft-
Schnappen in Emden. Aber jetzt haben
sie ihr Ziel fast erreicht.

   Marie steigt aus dem Zug und stutzt. Da
hinten, am Ende des langen Bahnsteigs,
beim Übergang zur Fähre – war das nicht
gerade ein … Seeräuber? Marie läuft ein
kalter Schauer über den Rücken. Doch
dann reibt sie sich die Augen, schaut noch
mal und noch mal und muss schließlich

über sich selbst lachen. In Ostfriesland gibt es keine Piraten, das weiß sie doch ganz genau. Schließlich fährt sie schon zum vierten Mal in den Ferien nach Norderney und noch nie zuvor hat sie dort einen Seeräuber gesehen!

Beruhigt läuft Marie voraus, den Bahnsteig entlang und dann die lange Gangway hinunter zur Fähre, die alle Urlauber zu der Insel bringen soll. Knapp eine Stunde dauert die Fahrt mit dem kleinen weißen Schiff durch das Wattenmeer. Die ganze Zugfahrt hat sich Marie auf die Überfahrt gefreut, denn an Bord des Schiffes beginnen die Ferien für sie erst richtig.

Die meisten Fahrgäste steigen die Treppe hinauf, um an Deck die Sonne, den Wind und das Meer zu genießen. Marie hingegen zieht es unter Deck, in das Restaurant. Sie setzt sich an einen Tisch am Fenster und liest die Speisekarte, obwohl sie ganz genau weiß, was sie bestellen will: Dreimal Rührei auf Schwarzbrot mit Nordseekrabben, ein Wasser für Mama, ein Bier für Papa und ein großes Glas Apfelsaft für sich selbst. Das gibt es nämlich jedes Mal, wenn sie mit der Fähre auf die Insel fahren.

Auf einmal hat Marie das Gefühl, dass sie beobachtet wird. Sie dreht sich langsam um und kann gerade noch erkennen, wie jemand hinter einer der dicken Säulen verschwindet. Und diesmal ist Marie sich ganz sicher, dass sie einen Seeräuber gesehen hat! Einen echten, mit Holzbein, Augenklappe und einem blitzenden Säbel unter dem roten Piratenmantel!

Marie will sofort aufstehen, zu der Säule schleichen und nachsehen. Doch plötzlich, wie aus dem Nichts, steht jemand vor ihr. Marie schreit auf vor Schreck!

Der Mann schreit ebenfalls und macht einen Satz rückwärts.

„Bist du verrückt?", schimpft er dann und packt sich an die Brust. „Ich hätte mich zu Tode erschrecken können!"

„Entschuldigung", sagt Marie. Erst jetzt bemerkt sie, dass gar nicht der Pirat vor ihr steht, sondern ein Kellner. „Ich dachte, du wärst der Seeräuber."

Vitali, der Kellner, schnaubt böse.

„Willst du mich veräppeln? Hier gibt es gar keine …" Plötzlich unterbricht er sich selbst und seine leuchtenden Augen verraten, dass er eine Ahnung hat.

21

„Hinnerk!", ruft er laut. „Hinnerk, komm her! Ich will dir jemanden vorstellen."

Gespannt schaut Marie zu der großen Säule, und tatsächlich: Wenige Augenblicke später taucht ein alter Seeräuber dahinter auf und kommt mit schweren Schritten auf sie zu.

„Oh", macht Marie beeindruckt.

„Keine Angst", sagt Vitali. „Hinnerk ist kein echter Pirat. Bis vor wenigen Wochen war er Seemann. Jetzt lebt er in einer kleinen Hütte am Strand. Manchmal, wenn er Langeweile hat oder einsam ist, fährt er einfach bei uns mit. Dann setzt er sich zu den Leuten an die Tische und erzählt ihnen für ein Mittagessen oder ein kühles Bier spannende Seeräubergeschichten."

„Na dann", sagt Marie und ihre Augen strahlen, als sie bei Vitali die Bestellung aufgibt. „*Viermal* Rührei auf Schwarzbrot mit Nordseekrabben, ein Wasser, *zwei* Bier und ein Glas Apfelsaft für mich!"

Der alte Seebär ist mit der Bestellung offenbar einverstanden, denn als Mama und Papa wenig später in das Restaurant kommen, sitzt er bei Marie am Tisch und erzählt ihr bereits die erste spannende Seeräubergeschichte!

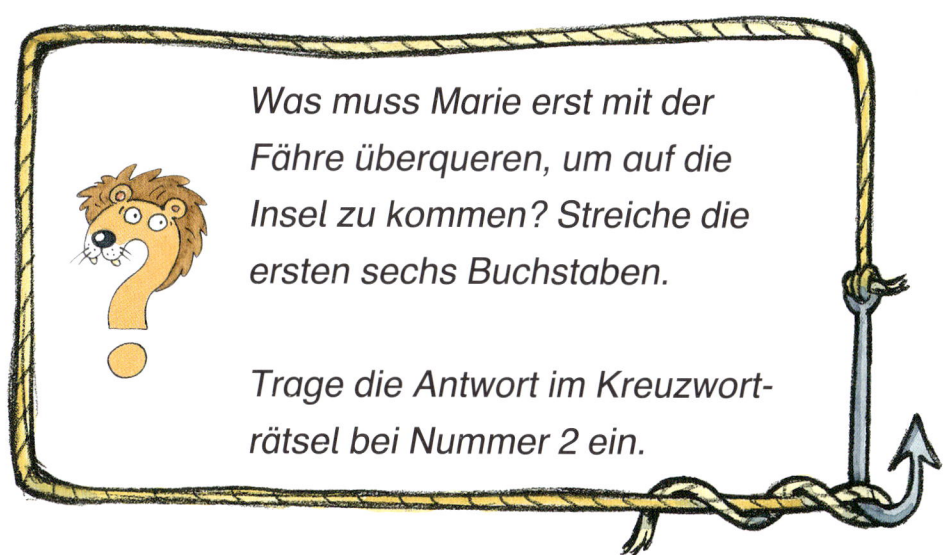

Was muss Marie erst mit der Fähre überqueren, um auf die Insel zu kommen? Streiche die ersten sechs Buchstaben.

Trage die Antwort im Kreuzworträtsel bei Nummer 2 ein.

Ein Schatz für den Käpten

Kanonen-Joe war Käpten auf der *Santa Paula* und er war ein Seeräuber der übelsten Sorte. Wenn er rülpste, fielen die Vögel tot vom Himmel. Wenn er fluchte, wurde selbst der Teufel in der Hölle blass. Und wenn er schmutzige Piratenlieder grölte, dann hielten sich die härtesten Seeräuber auf den sieben Weltmeeren die Ohren zu!

Natürlich hatte Kanonen-Joe noch mehr unangenehme Eigenschaften zu bieten. Er trank Rum in rauen Mengen, kratzte sich gern und ohne sich zu schämen in aller Öffentlichkeit am Hintern und Seife kannte er nur vom Hörensagen. Er stank inzwischen so sehr, dass seine Männer es nur mit einer Wäscheklammer auf der Nase in seiner Nähe aushielten!

Eines Tages hatte die Mannschaft genug. Auch an Bord eines Piratenschiffes gab es schließlich Regeln und Gesetze,

damit alle gut miteinander auskamen.
Und wenn einer sich nicht daran hielt,
wurde er eben bestraft. Auch der Käpten!
Die Mannschaft der *Santa Paula* schmiedete
einen Plan und bereits am nächsten Abend
setzten sie ihn in die Tat um.

Sie warteten, bis ihr Käpten genug
getrunken hatte und eingeschlafen war.
Schlaff wie eine nicht aufgepustete Luft-
matratze hing er über einer Rolle Tau. Die
vier stärksten Seeräuber packten ihn, trugen
ihn zu einem der beiden Beiboote und legten
ihn vorsichtig hinein. Dann ließen sie das
Boot zu Wasser …

Als der Käpten am nächsten Morgen erwachte, spürte er sofort, dass etwas anders war als sonst. Und es war nicht die Tatsache, dass er in seinen Kleidern geschlafen hatte. Die waren so steif vor Dreck, dass er sie wahrscheinlich gar nicht mehr ausziehen konnte. Vielleicht waren sie inzwischen auch schon an seinem Körper festgeklebt! Davon war seine Mannschaft jedenfalls fest überzeugt.

Moment mal – seine Mannschaft? Plötzlich wusste Kanonen-Joe, was anders war: Er hörte nichts! Keine Rufe, kein Gelächter, keine Lieder, kein Knarren der Holzplanken. Nur das leise Rauschen der Wellen. Dabei spürte er gar keinen Wellengang! Erschrocken fuhr er hoch und schaute sich verwundert um. Es dauerte jedoch eine Weile, bis er endlich begriff, dass er gar nicht auf der *Santa Paula* war, sondern an irgendeinem Strand auf irgendeiner Insel lag!

Was war passiert? War sein Schiff

untergegangen? Hatte er als einziger
überlebt? Oder war er über Bord
gegangen? Hatten seine Männer etwa
gemeutert und ihn einfach im Schlaf ins
Wasser geworfen? Aber warum hätten sie
so etwas tun sollen? Er war schließlich
ein guter Käpten. Oder?

Kanonen-Joe dachte eine Weile nach,
aber er fand keine Antworten auf seine
Fragen. Dafür entdeckte er etwas anderes:
eine Flasche Rum. Sie lag im Sand zu
seinen Füßen und war leer – bis auf
einen zusammengefalteten Zettel.

„Eine Flaschenpost!", rief Kanonen-
Joe. „Vielleicht sogar eine Schatzkarte!"

Aufgeregt zog er den Korken aus der
Flasche, schüttelte ungeduldig den Zettel
heraus, faltete ihn auseinander – und
blickte tatsächlich auf eine Schatzkarte!
Und wenn ihn nicht alles täuschte, dann
führte ihn die Karte zu einem Schatz,
der auf dieser Insel vergraben war.
Beziehungsweise versenkt, denn das
Ziel lag offensichtlich mitten in einem
kleinen See. Doch davon ließ sich
Kanonen-Joe nicht abschrecken.

Er war einer der besten Schatzkarten-
leser unter den Seeräubern und so
dauerte es auch gar nicht lange, bis er
am Ufer des Sees stand. Kanonen-Joe
hasste Wasser, aber er wollte den Schatz!
Mit Anlauf sprang er in das Wasser und
schwamm zur Mitte des Sees, wobei er
eine dunkle Spur hinter sich herzog.
Es war der Dreck, der sich aus seinen
Kleidern löste.

In der Mitte des Sees angekommen
zögerte der Käpten nicht lange, sondern
holte tief Luft und tauchte. Der See war
nicht sehr tief und so fand Kanonen-Joe
die kleine Schatzkiste sofort. Er schwamm
zurück ans Ufer und öffnete gespannt die
Kiste. Doch die Enttäuschung war groß,
denn es befand sich nur ein Buch darin
und ein Brief, in dem stand:

Hallo, Chef! Sauber bist du ja jetzt. Wenn du nun auch noch das Buch liest, können wir es vielleicht wieder mit dir aushalten. Du hast einen Monat Zeit, dann holen wir dich wieder ab. Viel Spaß beim Lesen! Deine Mannschaft.

Kanonen-Joe legte den Brief beiseite und nahm das Buch aus der Schatzkiste. Darauf war die Piratenflagge mit dem Totenkopf zu sehen und darunter stand:

Seeräuber-Benimmregeln: 50 goldene Tipps, damit Ihre Mannschaft Sie wieder mag …

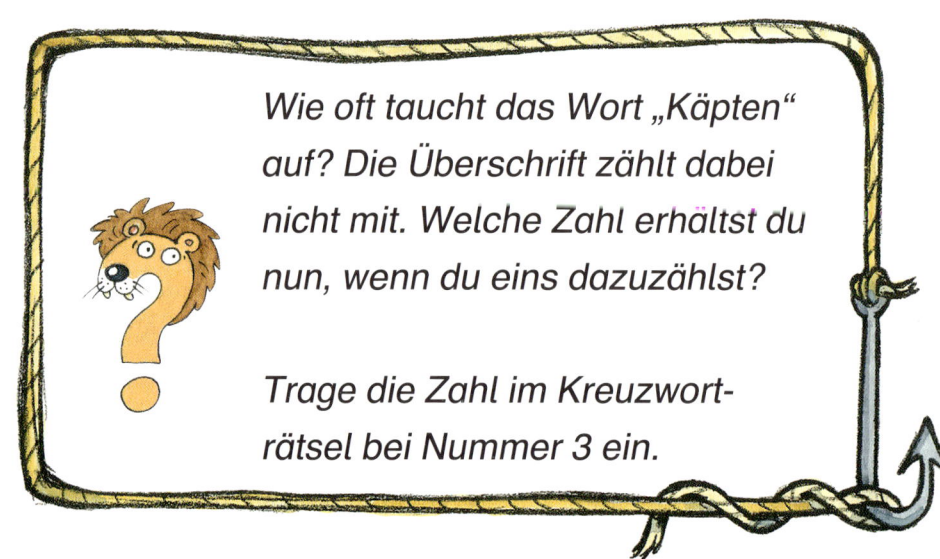

Wie oft taucht das Wort „Käpten" auf? Die Überschrift zählt dabei nicht mit. Welche Zahl erhältst du nun, wenn du eins dazuzählst?

Trage die Zahl im Kreuzworträtsel bei Nummer 3 ein.

Tims Horoskop

uuääää!!

Tim war hundemüde. Seine kleine
Schwester hatte die ganze Nacht
geschrien und damit die Familie um
den Schlaf gebracht. Tim konnte jedenfalls kaum die Augen offenhalten, als er
in den Bus stieg, um mit seiner Klasse ins
Museum zu der Seeräuber-Ausstellung
zu fahren. Nur so konnte er sich später
erklären, warum er sich ausgerechnet
neben Nele gesetzt hatte.

Nele war eigentlich ganz nett, aber sie
hatte ein Hobby, mit dem sie jeden nervte:
Horoskope! Tim saß kaum neben ihr, da

fing sie auch schon an, in der Zeitung zu blättern, um ihm seines vorzulesen.

„Du bist Wassermann, stimmt's?", sagte sie und suchte sein Sternzeichen in dem Tageshoroskop.

„Stimmt", murmelte Tim ergeben.

„Oh, das hört sich aber gar nicht gut an", sagte Nele und las laut vor: „Sie müssen heute auf der Hut sein, sonst passiert etwas ganz und gar Unglaubliches!"

„Ist schon passiert", dachte Tim und lächelte gequält. „Ich sitze neben Nele …!" Dann fielen ihm die Augen zu und er dachte gar nichts mehr.

Auch von der Ausstellung bekam
Tim nicht viel mit, obwohl er das Thema
eigentlich spannend fand. Er hatte schon
einige Filme über Seeräuber gesehen und
jede Menge Piratenbücher verschlungen.
Aber er war einfach zu müde und setzte
sich lieber bei jeder Gelegenheit hin.

Das bemerkte auch Frau Keller, seine
Lehrerin.

„Interessiert dich die Ausstellung nicht?",
fragte sie.

Tim schaute sich um. Es gab echte
Waffen zu bestaunen, uralte Seekarten,

ein richtiges Piratenboot, das viel kleiner war, als er gedacht hatte – und sogar die fast lebendig aussehende Wachsfigur eines berühmten Piratenkapitäns!

Trotzdem schüttelte Tim den Kopf.

„Ich weiß schon alles über Piraten", behauptete er.

„Ach ja?", sagte eine dunkle, dröhnende Stimme. Sie kam von der Wachsfigur, die plötzlich auch noch ihren Kopf drehte und Tim anschaute!

„Das … das glaube ich nicht", stammelte Tim. „Das ist nicht möglich!"

„Hahaha", lachte die Wachsfigur. „Das haben die Kapitäne von den Handelsschiffen damals auch immer gesagt, wenn sie unsere blutrote Flagge mit dem Totenkopf entdeckten!"

Der Piratenkapitän stieg vom Podest, ging drohend auf Tim zu und legte ihn in Ketten. Genau so, wie vor hunderten von Jahren die Gefangenen gefesselt wurden. Dabei wäre das gar nicht nötig gewesen. Tim war so geschockt, dass er sich überhaupt nicht bewegen konnte. Deshalb wehrte er sich auch nicht.

„Hat es dir die Sprache verschlagen?",
fragte der Pirat. „Gut so! Du glaubst ja
gar nicht, was ich mir hier Tag für Tag
für einen Blödsinn anhören muss. Die
unglaublichsten Lügengeschichten. Und
jeder zweite Knirps behauptet, alles
über uns Seeräuber zu wissen. Dass
ich nicht lache. Aber jetzt reicht's!"

Tim schluckte. Was hatte der berüchtigte
Seeräuber mit ihm vor?

„Ich werde dir drei Fragen stellen", sagte
der genau in diesem Moment. „Wenn du
sie beantworten kannst, lasse ich dich
wieder frei. Wenn du aber nur eine einzige

falsche Antwort gibst, verwandelst du dich in eine Wachsfigur und wirst hier im Museum ausgestellt. Direkt neben mir, als Klaus Störtebekers letztes Opfer! – Bist du bereit?"

Tims Hals fühlte sich an wie zugeschnürt. Er brachte kein einziges Wort heraus. Aber der Pirat kannte kein Mitleid.

„Also gut, dann kommt hier die erste Frage: Wer ist der berühmteste aller Seeräuber?"

Tim hatte verstanden, was der Pirat ihn gefragt hatte. Und er wusste, dass er alles über die berühmtesten Seeräuber aller Zeiten gelesen hatte. Eigentlich hätten ihm sofort mindestens fünf, sechs Namen einfallen müssen. Eigentlich. Aber die Angst lähmte seine Gedanken.

„Nun?", fragte der Piratenkapitän drohend.

Tim wollte zurückweichen. Doch seine Beine gehorchten ihm nicht. Plötzlich hatte Tim jedoch eine Idee.

„Sie?", antwortete er unsicher.

Über das Gesicht des Seeräubers huschte ein Lächeln.

„Genau", sagte er und lachte dröhnend. „Glück gehabt, Bürschchen! Kommen wir zur zweiten Frage: Welcher berühmte Seeräuber wird im Hamburger Hafen mit einem Denkmal geehrt?"

Tims Angst war kein bisschen kleiner geworden. Und sein Hirn war immer noch ein luftleerer Raum. Trotzdem fiel ihm die Antwort diesmal sehr viel früher ein.

„Sie?", sagte er.

Klaus Störtebeker nickte anerkennend.

„Du scheinst tatsächlich eine Menge
über uns Seeräuber zu wissen", sagte er.
„Ich könnte dich zu meinem Ersten Offizier
machen! Willst du in eine Wachsfigur
verwandelt werden und künftig immer
neben mir stehen?"

„Nein!", rief Tim entsetzt.

„Nein?" Der Seeräuber lachte laut
und gemein. Dann packte er Tim an den
Schultern und schüttelte ihn. „Leider
kannst du gegen die Verwandlung
überhaupt nichts tun, Tim! Na komm
schon, es geht los."

Tim versuchte mit aller Kraft, die
fremde Hand wegzuschieben.

„Nein, ich will nicht!", schrie er.

„Aber du musst", sagte plötzlich eine
andere Stimme, die ihm jedoch sehr
bekannt vorkam. Tim öffnete blinzelnd
seine Augen.

„Aufwachen, Tim", sagte Frau Keller.
„Wir sind da. Wir wollen uns jetzt die
Seeräuber-Ausstellung anschauen.
Oder interessieren dich Piraten nicht?"

„Doch, schon", sagte Tim unentschlossen und sah Nele an, die immer noch neben ihm saß.

„Was ist?", fragte sie.

„Ich will, dass du mir nie wieder mein Horoskop vorliest. Verstanden?", sagte er und nahm sich vor, bei der Ausstellung sicherheitshalber um jede Piratenfigur einen riesigen Bogen zu machen …!

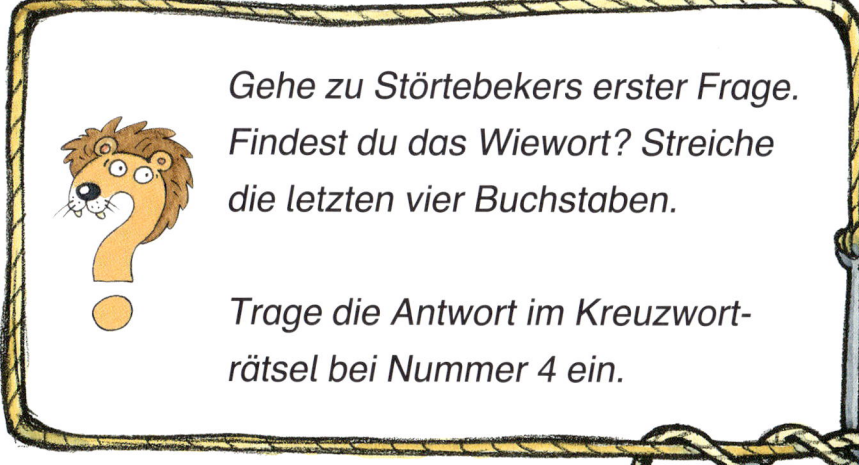

Gehe zu Störtebekers erster Frage. Findest du das Wiewort? Streiche die letzten vier Buchstaben.

Trage die Antwort im Kreuzwort-rätsel bei Nummer 4 ein.

Ein ganz neues Leben

Plötzlich unterbrach ein lauter Fluch die Ruhe an Deck: „Verdammt!"

Die Seeräuber zuckten erschrocken zusammen und schauten vorsichtig gen Himmel. Ganz oben, an der Spitze des höchsten Mastes, stand Pitt in seinem Ausguck, hielt die Arme vor der Brust verschränkt und starrte hinunter.

„Was ist los, Pitt? Hast du ein Schiff entdeckt, das größere Kanonen hat als unseres?", rief der Käpten hoch und lachte.

„Nein", antwortete der Seeräuber im Ausguck knurrend.

„Vielleicht eine Schatzinsel?", fragte der Käpten.

„Nein!", rief Pitt, schon deutlich lauter.

„Und warum schreist du dann so?", wollte der Käpten wissen.

„Weil ich die Nase voll habe!" Pitt verließ den Ausguck, kletterte die Strickleiter hinunter und baute sich vor den anderen Seeräubern auf. „Ich will eine andere Aufgabe!"

„Hat der Sturm dir das Hirn aus dem Kopf geblasen?" Stockfisch, der Smutje, konnte kaum glauben, was er da hörte. „Mann, du hast den leichtesten Job von uns allen! Ich zum Beispiel muss jeden Tag in der heißen Kombüse stehen und für euch alle kochen!"

„Wir müssen immer nur schrubben", sagte einer der einfachen Seeräuber. „Von backbord nach steuerbord, vom Heck zum Bug. Und wenn alle Planken sauber sind, geht's wieder von vorn los."

„Aber eure Arbeit ist wichtig", sagte Pitt. „Ihr sorgt dafür, dass das salzige Meerwasser das Holz nicht zerstört. Und ihr seid nie allein bei der Arbeit. Ich dagegen …"

„Dein Job ist auch wichtig", unterbrach
ihn der Käpten. „Der Mann im Ausguck
kommt in der Rangfolge gleich nach mir."

„Und nach mir", sagte der Smutje, der
als einziger von der Mannschaft wusste,
wie man den Herd einschaltete und nur
deshalb zum Koch ernannt worden war.

„Und nach mir", sagte Rechen-Rudi, der
als Einziger von der Mannschaft zählen
konnte und deshalb die Beute aufteilte.

„Und nach uns!", riefen die Putz-Piraten.
Sie waren natürlich nicht die Einzigen in
der Mannschaft, die schrubben konnten.

Aber das wussten sie nicht und sie machten sich darüber auch keine Gedanken. Jubelnd streckten sie ihre Schrubber in die Höhe, als ob sie auch noch die Wolken sauber machen wollten.

Pitt nickte traurig. Genau so hatte er sich das vorgestellt. Aber er wollte mehr sein als nur der Einzige, dem auch in 50 Metern Höhe nicht schwindelig wurde.

„Wir brauchen dich", sagte der Käpten. „Du bist perfekt als Mann im Ausguck. Ich schwöre beim großen Seeungeheuer, dass ich mir keinen besseren vorstellen könnte!"

Pitt freute sich zwar über das Lob, aber er hatte sich entschieden. Also packte er seinen Seesack, nahm sein Gold und ging im nächsten Hafen von Bord.

Die Menschen an Land sahen ganz anders aus als er. Weil er nicht als See-räuber erkannt werden wollte, ließ er sich als erstes die Haare schneiden und den Bart stutzen – mit einer Heckenschere! Danach legte er sich so lange in eine Badewanne, bis die Salzkruste und der Jahre alte Dreck auf seiner Haut sich lösten, und schließlich warf er auch noch

seine alten Seeräuberklamotten weg
und kleidete sich im besten Laden der
Stadt ganz neu ein.

Pitt betrachtete sich in einem Spiegel.
Er wollte noch einmal ganz neu anfangen.
Mit einem neuen Beruf und vor allem:
an Land!

Sehr zufrieden mit seinem Aussehen
verließ er den Laden – und rempelte
beinahe einen Mann um.

„He, können Sie nicht aufpassen?",
schimpfte der. Dann drehte er sich um,
sah Pitt – und seine Augen begannen
zu strahlen. „Ja, Sie sind es!"

„Hä?", machte Pitt irritiert. „Meinen Sie mich?"

„Mein neuer Star!", jubelte der Mann.

Ein Star? Das hörte sich doch gar nicht mal so übel an. Pitt war froh, dass er sich entschlossen hatte, ein neues Leben zu beginnen.

„Sie sind mein neuer Leinwandheld", sagte der Mann und stellte sich vor: „Wim Kawumm, Filmregisseur."

Er hielt sich die Hände vor das Gesicht, als würde er durch eine Kamera schauen, und betrachtete Pitt.

„Perfekt! Ich könnte mir keinen besseren für die Rolle vorstellen", sagte er. „Sie bekommen lange Haare, einen Bart und alte abgewetzte Klamotten. Ihre Haut schminken wir so, dass Sie richtig verdreckt aussehen!"

Pitt schwante Übles.

„Was für ein Film wird das denn?", fragte er zögernd.

„Ein Seeräuberfilm", sagte Wim

Kawumm stolz. „Und der Titel lautet:
,Der Pirat im Ausguck!' – Aber … he,
was haben Sie denn? Nicht weglaufen!
Bleiben Sie doch stehen, bitte!"
  Doch Pitt dachte gar nicht daran.
Er rannte so schnell davon wie noch
nie zuvor in seinem ganzen Leben!

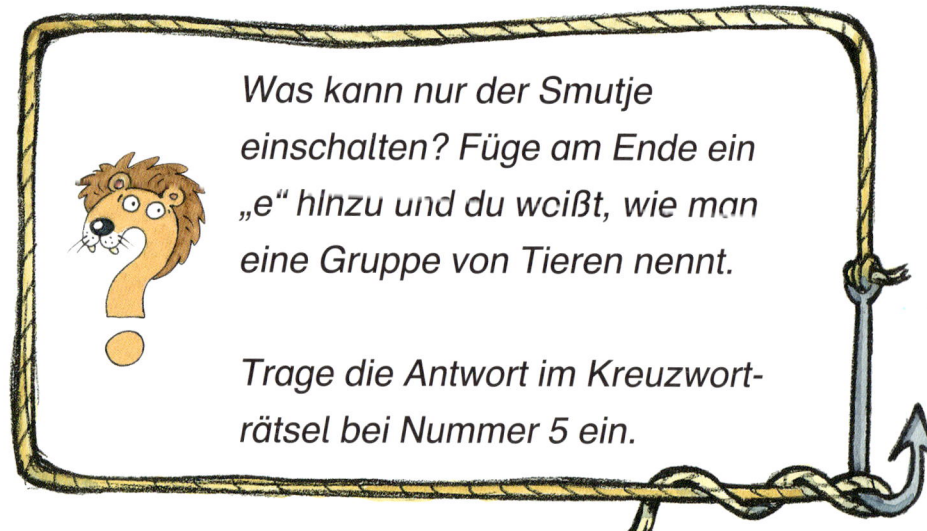

*Was kann nur der Smutje
einschalten? Füge am Ende ein
„e" hinzu und du weißt, wie man
eine Gruppe von Tieren nennt.*

*Trage die Antwort im Kreuzwort-
rätsel bei Nummer 5 ein.*

Ein Schatz in der Muschel

Sophie ist enttäuscht. Sie hat sich so auf die Ferien am Meer mit Mama, Papa und Paul gefreut. Aber Mama hat ungefähr eine Million Bücher mitgenommen, die sie alle in den zwei Wochen durchlesen will. Papa will unbedingt abnehmen und verbringt deshalb jeden Vormittag im Fitnessstudio. Und auch Paul tickt irgendwie ganz anders, seit er zwölf geworden ist. Stundenlang liegt er am Strand und tut so, als würde ihn gar nichts interessieren – vor allem keine Mädchen!

Das alles stört Sophie im Grunde gar nicht so sehr. Soll Mama doch eine wandelnde Bibliothek werden, Papa ein wandelnder Muskelprotz und Paul ein Mädchen-Möger. Aber dass keiner mehr Zeit für sie hat, dass niemand mit ihr spielt oder wie in den vergangenen Jahren auf eine spannende Schatzsuche geht, das findet sie gemein. Und deshalb schmiedet sie einen Plan!

Scheinbar ziellos schlendert sie am Wasser entlang. Doch in Wahrheit schaut sie ganz genau, was die Flut alles angespült hat. Und es dauert auch gar nicht lange, bis sie findet, wonach sie sucht: eine schöne, riesengroße Muschel!

Sophie läuft zurück zum Strandkorb.

„Seht mal", sagt sie und hält sich die Muschel ans Ohr.

Mama schaut tatsächlich kurz von ihrem Buch auf.

„Kannst du darin das Meer rauschen hören?", fragt sie.

„Viel besser", sagt Sophie geheimnisvoll. „Ich habe die Stimme von einem alten See-räuber gehört. Er hat mir verraten, wo er seinen Schatz versteckt hat!"

Sophie erklärt lang und breit, wo der angebliche Schatz liegen soll. Aber Mama und Paul scheinen gar nicht richtig zuzu-hören. Paul schaut nur einmal auf, sieht seine jüngere Schwester an und rollt total genervt die Augen, und Mama telefoniert sogar mit Papa, während Sophie erzählt!

„Na toll", denkt Sophie und vergisst vor lauter Enttäuschung sogar für einen Moment, dass sie sich den Schatz ja nur ausgedacht hat.

„Dann gehe ich eben allein auf Schatzsuche", verkündet sie entschlossen.

„Das kommt gar nicht in Frage", sagt Mama. „Erst wird gegessen."

Sie essen zu dritt, weil Papa nicht kommt. Mama regt sich darüber fürchterlich auf. Viel mehr als sonst. Sie ist so böse, dass Paul sich noch nicht einmal traut, „Nein" zu sagen, als Mama ihn auffordert, nach dem Essen mit Sophie auf Schatzsuche zu gehen. Dabei ist Paul deutlich anzusehen, dass er dazu überhaupt keine Lust hat.

„Gib zu, du hast dir den Schatz nur ausgedacht", sagt er, als sich die beiden Geschwister auf den Weg machen.

„Na und?", denkt Sophie und will sich auf die Schatzsuche freuen. Aber anders als früher macht es ihr heute auch keinen großen Spaß, mit Paul über das Hotelgelände zu laufen.

Das ändert sich allerdings, als sie unter dem alten Anker im Garten des Hotels eine Flasche entdecken!

„Die hast du doch dort versteckt", meint Paul genervt.

„Wann denn?", fragt Sophie. „Wir waren doch den ganzen Vormittag zusammen!"

„Stimmt", sagt Paul und beobachtet nachdenklich, wie seine Schwester den Korken aus der Flasche zieht und einen Zettel herausschüttelt.

„Eine Schatzkarte!", jubelt Sophie. Leise natürlich, damit die anderen Feriengäste davon nichts mitbekommen.

„Los, zeig her!" Paul reißt Sophie die Karte aus der Hand. „Okay, wir müssen zuerst 75 Schritte in diese Richtung gehen."

Die beiden marschieren los. Der Weg führt sie um das Hotel herum und endet am riesigen Swimmingpool. Bis dahin sind es allerdings nur 74 Schritte!

Sophie und Paul schauen sich an.

„Und jetzt?", fragt er.

„Einfach reinspringen", sagt Sophie.

Paul schaut an sich hinab.

„Im T-Shirt?"

„Warum nicht?", sagt Sophie. „Wenn wir erst den Schatz gefunden haben, kannst du dir hundert neue T-Shirts kaufen!"

Sie nimmt ihren großen Bruder an die Hand und gemeinsam machen sie einen Schritt vorwärts. Mit einem lauten Platsch! landen beide im Pool. Ohne die Schatzkarte, natürlich!

Sophie und Paul suchen den ganzen

Pool ab – leider ohne Erfolg. Aber da
es im Wasser schön ist, bleiben sie
noch ein bisschen. Paul gewinnt das
Wettschwimmen und er kann beim
Wetttauchen länger die Luft anhalten.
Dafür lässt er sich von Sophie beim
Wasserringkampf freiwillig besiegen.
Die beiden toben die ganze Zeit mit-
einander herum, beinahe wie früher.

Bis Sophie plötzlich wieder die Schatzkarte einfällt. Die beiden Geschwister
klettern aus dem Pool und setzen klatsch-
nass die Suche fort. Sie führt zur Eis-
truhe, wo die beiden sich bedienen dürfen,
zum Volleyballfeld, wo andere Kinder nur

darauf zu warten scheinen, dass Sophie
und Paul mitspielen, und schließlich zum
Minigolfplatz, wo sie sogar zwei Runden
spielen. So viel Spaß hatten die beiden
schon lange nicht mehr miteinander.

„Und jetzt?", fragt Sophie.

„100 Schritte in Richtung Strand", sagt
Paul mit einem Blick auf die Schatzkarte.

Die beiden ziehen los und landen vor
ihrem Strandkorb. Darin sitzt allerdings
nicht Mama, sondern ein echter Seeräuber!

„Ihr habt meinen Schatz also gefunden",
sagt er mit einer Stimme, die ein bisschen
wie die von Papa klingt. Dann reicht er

ihnen eine kleine Schatztruhe. Mit zitternden Händen nimmt Sophie sie entgegen und öffnet vorsichtig den Deckel.

„Kinokarten!", jubelt Paul.

„Für einen Piratenfilm", ruft Sophie und fällt dem Seeräuber begeistert um den Hals. Vielleicht werden es nun doch noch richtig tolle Sommerferien!

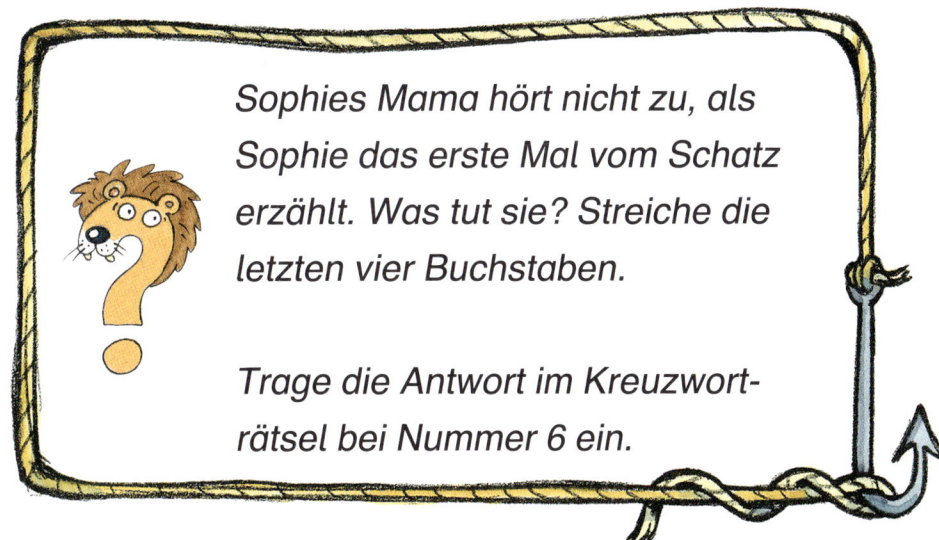

Sophies Mama hört nicht zu, als Sophie das erste Mal vom Schatz erzählt. Was tut sie? Streiche die letzten vier Buchstaben.

Trage die Antwort im Kreuzwort-rätsel bei Nummer 6 ein.

Ulli Schubert wurde 1958 in Hamburg geboren und lebt immer noch sehr gern dort. Er arbeitete als Erzieher und als Sportreporter und schreibt seit 1991 Bücher für Kinder und Jugendliche. Als Kind mochte er vor allem Fußballbücher und Krimis, die er mit der Taschenlampe unter der Bettdecke verschlang. Sein Lieblingshobby aber war Fußballspielen. Das hat sich bis heute kaum geändert. Fußball liebt er immer noch, vor allem den FC St. Pauli. Mehr über Ulli Schubert erfährst du unter: *www.ulli-schubert.de*

Patrick Wirbeleit ist so groß, dass er problemlos mit den Fingern die Zimmerdecke einer durchschnittlichen Wohnung berühren kann. Und zwar ohne sich dafür auf die Zehenspitzen stellen zu müssen! Das ist toll! Denn damit kann er seine Umgebung in der Regel mehr beeindrucken, als mit der Tatsache, Kinderbuchillustrator und Autor zu sein. Zumal er die schönen Farben für seine Zeichnungen nicht selbst auf das Papier bringt, sondern seine Frau Frauke. Die übrigens ebenfalls Geschichten schreibt. Da er zudem findet, dass es in Deutschland viel zu wenig lustige Kinderbücher gibt, hat er 2009 den „Urzeitroboter" ins Leben gerufen: den Preis für das lustigste Kinderbuch des Jahres. *www.urzeitroboter.wordpress.com*

Knacke das Rätsel!

Sammle von Geschichte zu Geschichte die Antworten zu den Fragen und trage sie hier ins Kreuzworträtsel ein. Das Lösungswort verrät dir, womit ein Kapitän sein Schiff lenken kann!

Das Lösungswort heißt:

Kleine Hilfe: ü = ue

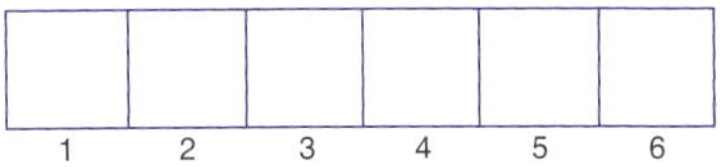

1	2	3	4	5	6

Lesen, rätseln, Punkte sammeln!

Schau einfach mal rein unter www.leseleiter.de: Dort kannst du mit den Lösungswörtern aus den Lese-Rallye-Büchern wertvolle Punkte sammeln und sie gegen tolle Leseleiter-Prämien eintauschen. Viel Spaß!